उदगम

ओजस्विनी सचदेवा

Copyright @Ojaswini Sachdeva2022
Reprint © Ojaswini Sachdeva 2022

लेखक परिचय

ओजस्विनी सचदेवा, देवभूमि कुल्लू की रहने वाली एक युवा लेखिका हैं। साहित्य और लेखन में उनकी रुचि बचपन से ही उच्चोत्र स्तर पर रही है। कैम्ब्रिज इंटरनेशनल स्कूल, कुल्लू से अपनी स्कूली शिक्षा पूर्ण करने के पश्चात, वह अब मेहर चंद महाजन डीएवी कॉलेज फॉर वीमेन चंडीगढ़ से वीडियो रिपोर्टिंग में एक अतिरिक्त पाठ्यक्रम के साथ स्नातक की शिक्षा प्राप्त कर रही हैं।

वह एक उत्साही पाठक है जो सभी शैलियों की किताबें पढ़ना पसंद करती है। वह एक पुस्तक समीक्षक, स्वतंत्र सामग्री लेखक और अपने खाली समय में पटकथा लेखन के लिए एक प्रशिक्षु के रूप में काम कर रही हैं। उन्हें अंतर्राष्ट्रीय महिला दिवस के अवसर पर जिला मजिस्ट्रेट द्वारा साहित्य के क्षेत्र में उत्कृष्ट कार्य के लिए सम्मान भी प्राप्त हुआ है एवं माननीय प्रधानमंत्री श्री नरेंद्र

मोदी जी से उदगम के लिए प्रशंसा पत्र तथा हिमाचल प्रदेश के भूतपूर्व मुख्यमंत्री श्री शांता कुमार जी से मार्गदर्शन भी मिला है।

उनका पहला उपन्यास उदगम 17 साल की छोटी उम्र में प्रकाशित हुआ। उनके नाम पर एक काव्य संकलन मातृकंठ भी प्रकाशित है जिसमें मुख्य तौर पर सामाजिक मुद्दों पर आधारित रचनाएं हैं।

वह पत्रकारिता के क्षेत्र में अपना वर्चस्व स्थापित करना चाहती हैं और अपने जज़्बे एवं दृढ़ निश्चय से समाज में बदलाव लाने की सोच रखती हैं। जीवन के विभिन्न पहलुओं की खोज करना, समय व्यतीत करने की उनकी पसंदीदा रुचि है।

सत्यमेव जयते

प्रधान मंत्री

Prime Minister

नई दिल्ली

भाद्रपद 24, शक संवत् 1943

15 सितम्बर, 2021

सुश्री ओजस्विनी सचदेवा जी,

आपका पत्र और साथ में आपके द्वारा लिखी गई पुस्तक 'उदगम' प्राप्त हुई। इस आयु में आपने भारत के विभाजन के संवेदनशील विषय को अपनी पहली पुस्तक के लिए चुना है, यह आपके विचारों की परिपक्वता को दर्शाता है।

देश का विभाजन 20वीं सदी की बहुत बड़ी त्रासदी थी, जिसके कारण हमने कई जिंदगियां गंवाईं और हमारे लाखों बहनों और भाइयों को विस्थापित होना पड़ा।

आपने उस दर्द को स्वयं नहीं देखा, पर अपने बड़ों से उसके बारे में सुना और जाना है। बंटवारे के उस दंश को, विभाजन के समय के अमानवीय हालात से गुजरे लोगों के अनुभवों को जिस मार्मिकता से आपने शब्दों में व्यक्त किया है, वह आपके नाम की तरह ही, आपके लेखन कौशल के ओज को दर्शाता है।

हर राष्ट्र का दायित्व होता है कि वह अपने इतिहास को आने वाली पीढ़ियों के लिए संजोकर रखे। आज जब देश आजादी का अमृत महोत्सव मना रहा है तो 14 अगस्त को 'विभाजन विभीषिका स्मृति दिवस' के रूप में याद रखने का निर्णय, देश की इसी भावना को अभिव्यक्त करता है।

विभाजन के दौरान आपके परिवार के संघर्षों पर आधारित यह पुस्तक लोगों को, विशेषकर युवा पीढ़ी को उस दौर के बारे में जानकारी देगी और सामाजिक सौहार्द और एकता के महत्व को रेखांकित करने में अपनी भूमिका निभाएगी। इस प्रयास के लिए आपको बहुत-बहुत बधाई।

आपके उत्तम स्वास्थ्य एवं उज्ज्वल भविष्य की कामना सहित।

आपका,

(नरेन्द्र मोदी)

सुश्री ओजस्विनी सचदेवा

C/o- श्री जे. वी. नानक चंद

लोअर ढालपुर, कुल्लू

हिमाचल प्रदेश- 175101

पाठक प्रतिक्रिया

"यह केवल बुजुर्गों की कहानी मात्र नहीं है पर लेखिका ने हिंदुस्तान व पाकिस्तान के बँटवारे के दौरान हुई हिंसा व राजनैतिक परिस्थितियां भी बखूबी लिखी है। आजकल के लेखक ऐसी स्थिति में नहीं होते।"

-एनके शर्मा एस पी
सिविल डिफेंस हि,प्र

"मेरा जो इस किताब के बारे में विवेचन है कि उचित एवम मर्यादित भाषा का प्रयोग उस घटनाक्रम को आपके और नज़दीक लेकर आता है। कुछ दृष्टांत इतने मर्मस्पर्शी हैं कि आंसू निकल आते हैं। बहुत से ऐसे दृष्टांत है लेकिन एक ज़िक्र जरूर करूँगा लुधियाना का जब बड़ी बहन और जीजा मिलने आते हैं। बहुत बढ़िया तरीके से लिखा गया है।

भाषा का सरल और सहज होना भी इसको आपके और नज़दीक लाता है। 'बंटवारा' जैसी मर्मस्पर्शी घटना को कलमबद्ध करना अपने आप में बहुत हिम्मत है।"

-डॉ चमन प्रकाश

"उदगम", एक बहुत ही मार्मिक वर्णन है, उस कीमत का जो इस देश की आज़ादी के लिए, भारत-पाक सीमा के दोनों ओर के, उन परिवारों को चुकानी पड़ी, जिन्हें अपना सर्वस्व छोड़ कर, सीमा के

इस ओर, या उस ओर, जाने के लिए मजबूर होना पड़ा। "उदगम", वर्णन है आज़ादी के एक ऐसे मतवाले के संघर्ष का जो पहले देश की आज़ादी के लिए संघर्षरत रहा, फिर देश के विभाजन के दौरान अपने परिवार की जान की रक्षा के लिए, और फिर अपने परिवार को खाक से दोबारा बुलंदियों की दिशा में अग्रसर करने में। पुस्तक के अंत में, नन्ही लेखिका ने, हमारे, दुनिया को "वसुदेव कुटुंबकम्" का पाठ पढ़ाने वाले देशवासियों के, मर्म को झकझोर देने वाला और शर्मसार करने वाला प्रश्न भी किया है कि क्यों, आज़ादी के लगभग साढ़े सात दशक और चार पीढ़ी बाद, और अपना सर्वस्व गंवाकर, इस देश को पूरे दिल से अपना घर मानकर, आज भी उनकी पहचान एक "रेफ्यूजी" की क्यों? "वसुदेव कुटुंबकम्", केवल भाषणों में इस्तेमाल करने के लिए दो शब्द नहीं हैं, बल्कि, इसे, अपने आचरण में उतारने की आवश्यकता है, हमें।

-श्री विक्रांत ठाकुर

अधिस्वीकृति

मेरी पहली व्यक्तिगत पुस्तक लिखने की यह एक सुंदर यात्रा रही है। मैं इस यात्रा में मेरे साथ चलने वाले प्रत्येक व्यक्ति का आभार प्रकट करना चाहती हूं। सबसे पहले मैं मेरे स्कूल की प्रधानाध्यपिका श्रीमती सुधा महाजन को धन्यवाद देना चाहूंगी जिन्होंने मुझे इस उपन्यास को लिखने के लिए प्रोत्साहित किया। उनके बाद मैं अपने पिता श्री हितेश कुमार, के प्रति अपनी कृतज्ञता व्यक्त करना चाहूंगी जिन्होंने मुझे मेरे काम के हर चरण में मदद और प्रोत्साहन दिया। वह ना केवल मेरे पिता हैं बल्कि मेरे गुरु भी हैं। मेरी इस निर्मल एवं लघु यात्रा में और भी कई व्यक्तियों ने मेरा साथ निभाया। उल्लेखनीय मेरी मां श्रीमती भारती, एवं मेरा सम्पूर्ण परिवार। मैं उन सभी लोगों का आभार व्यक्त करना चाहूंगी जिन्होंने मुझे प्रोत्साहित किया एवं मेरा हौंसला बढ़ाया।

~~

प्रस्तावना

यह उपन्यास मेरे जीवन के एक अहम व्यक्ति, मेरे दादा जी, **श्री युधिष्ठिर लाल सचदेवा** के जीवन काल पर आधारित है। इस उपन्यास के माध्यम से मैं आप सभी तक आजाद भारत का एक ऐसा पहलू पहुँचाना चाहती हूँ जो की हम सभी के बीच वर्षों से है, परंतु जिसे हम देख कर भी अनदेखा कर देते हैं, जान कर भी अंजान बन जाते हैं। भारत को अंग्रेजों से आजादी तो मिली, पर समस्त भारतवासियों को आजादी की एक बड़ी कीमत चुकानी पड़ी। जिस प्रकार शरीर का एक भी हिस्सा उससे अलग कर दिया जाए, तो शरीर-शरीर नहीं रहता, ठीक उसी प्रकार अगर किसी देश से उसका एक अहम हिस्सा अलग कर दिया जाए तो वह देश-देश नहीं रहता, बल्कि लाशों का मैदान बन जाता है, खून का समंदर बन जाता है, तथा नफरत का आसमान बन जाता है! कुछ यही हुआ हिंदुस्तान में। हिंदुस्तान को अंग्रेजों से आजादी तो मिली पर आजादी की कीमत उसे अपना एक हिस्सा पाकिस्तान में तब्दील कर चुकानी पड़ी। हजारों लोग बेघर हो गए, हजारों मारे गए, औरतें अग़वा की गईं। पंजाब और बंगाल की भूमि लाशों से भर गई। हिंदू-सिख व मुसलमान समुदायों में नफरत के बीज पनपने से पहले ही नफरत के पेड़ उग उठे। कितने ही लोग बेघर हुए, अपनी सारी ज़मीन-जायदाद पिछले मुल्क छोड़ खाली हाथ एक नए जीवन की शुरुआत में एक नई जगह आकर बसे और **"रिफ्यूजी"** कहलाने लगे। उन्हीं लोगों में से एक थे मेरे दादा जी। दादा जी की

कहानी के माध्यम से मैं आप सभी तक उन सभी लोगों के जीवन की कठिनाइयों एवं दुख दर्द को पहुंचाना चाहती हूं जिन्होंने विभाजन की पीड़ा सही, जो अपना सब कुछ पीछे छोड़ आए, जिन्हें आज भी विभाजन की यादें सताती हैं, जो आज भी उस नई जगह पर पूरी तरह नहीं बस पाए हैं। विभाजन के 70 वर्षों बाद भी स्थानीय लोग, अपनी माटी से बिछड़े लोगों को नहीं अपना पाए हैं। आज भी उन लोगों को रिफ्यूजी करार दिया जाता है। **"क्या इतना आसान है एक रिफ्यूजी कहलाना? क्या इतना आसान है बसी बसाई जगह से उजड़ कर एक नई जगह बसना, एक नए जीवन की शुरुआत करना?"** आज भी वह रिफ्यूजी का टैग उन सभी लोगों की अगली पीढ़ियों के जीवन से गायब नहीं हो पाया है। आइए पढ़ते हैं एक ऐसे ही रिफ्यूजी की कहानी जिन्होंने विभाजन के बाद अपने बलबूते पर अपना व अपने बच्चों का जीवन सफल बनाया। आइए हम भी गुजरते हैं, उनके कष्टों से, उनकी पीड़ा से, और सबसे महत्वपूर्ण **"विभाजन"** के दर्द से।

~~

मुख्य पात्र

1) युधिष्ठिर लाल सचदेवा - इस कहानी के मुख्य पात्र एवं मेरे दादा जी, जिन्हें सभी प्यार एवं आदर से बाऊलाल कह कर बुलाते हैं।

2) नानक चंद - युधिष्ठिर के पिता जी जिन्हें वह बाबा जी कह कर बुलाते हैं। वह सचदेवा मोहल्ला, मिंटगुमरी, पाकपत्तन के रहने वाले हैं, एवं पांच जागीरों के शाह हैं। उन्हें सब शाह जी कह कर भी बुलाते हैं।

3) जमुना बाई - युधिष्ठिर की माँ जिन्हें वह भाभी कह कर बुलाते हैं।

4) सरस्वती - युधिष्ठिर की बड़ी बहन।

~~

सारी रात वह सो नहीं पाई। लगातार करवटें बदलती, दर्द से करहाती, चीखती-चिल्लाती, पर वह दर्द सहा न जाता। गांव पिंड की औरतें 'नानक चंद' को आश्वासित करती हुए कहतीं :

" *वीर जी, तुसी फ़िक्र ना करो, वाहेगुरु सब ठीक करणगे*"

" *शांता किंज फ़िक्र ना करां, दस साल वाद वेढ़े च खुशियाँ औण लग्गियाँ* ";

यह कहकर नानक चंद वहां से जाने लगते हैं, तभी बिटिया सरस्वती आकर पूछने लगी, :

" *बाबा जी, भाभी ते मेरा औण वाला निक्का वीर जा बहन ठीक आ ना?* " ;

नानक चंद कैसे बताते कि मामला गंभीर है, इसलिए वह बिटिया के सिर पर हाथ फेर, एक फीकी सी मुस्कुराहट देकर चले गए।

~~

"**20 जुलाई 1935**" कि वह सुबह, नानक चंद और जमुना बाई के जीवन में खुशियों की बहार लाई। सवेरे की खिलखिलाती धूप में, जन्म लिया एक नन्हे बालक ने। बिटिया सरस्वती की खुशी का ठिकाना ना रहा, झूमती-गाती पूरे पिंड को खबर दे आई। :

" *साढे घर निक्का वीर आया ऐ, मेरी भाभी दा श्रवण पुत्त आया ऐ* "

पूरे पिंड में लड्डू बंटवाए गए, बड़ी शान-ओ-शौकत से दावत बुलाई गई। जमुना बाई ने बालक को पहली नज़र में ही "**बाऊलाल**" कह दिया था तब से सभी उसे बाऊलाल कह कर बुलाने लगे।

कोई बाऊलाल के लिए खिलौने लाया तो कोई गर्म कपड़े। सभी बहुत खुश थे। सचदेवाओं के महोल्ले में शाह जी का बेटा हुआ था, कोई खुश कैसे नहीं होता। गांव में चहल-पहल बढ़ गई, और हर कोई नए जन्मे बालक की चर्चा करने लगा। बिपतो, नवव्याही गांव में आई थी, शाह जी की महानता से अनजान, ओर शांता पिंड में दाई माँ का काम करती थी। बिपतो के मन में कई सवाल थे, जो उसने शांता के सामने रखे। :

" नी रे शांता! दावत दा इंतज़ाम ता बौह्त वदिया होया ऐ, ऐन गल-बात ऐ !"

" गल-बात ता होनी ही ऐ बिपतो, साढे शाह जी दे घर मुंडा होया ऐ, कोई आम गल थोड़ी "

" शांता मैं सुण्या सी तुहाडे शाह जी ऐतवार नु सिक्कयां ते नहा के, ओहो सिक्के गरीबां च वंड दिंदे ने "

" तू बिलकुल सही सुण्या सी, इंज ही थोड़ी साढे शाह जी दे रौब थल्ले वड्डे वड्डे अंग्रेज दबदे ने, शाह जी दी गल ही वखरी ऐ। साढ़े शाह जी हर ज़ुल्म दे खिलाफ आवाज़ उठांदे ने, हर गरीब दे मसीहा ने शाह जी, पूरी पंज जागीरां दे शाह ने। शाह जी दी इक पुकार ते पूरा पिंड कट्ठा हो जांदा "

" चल नी शांता बस कर हुण आप दे शाह जी दे गुणगान, चल बाऊलाल नु शगन दे आइये "

यह कहकर बिपतो और शांता वहाँ से चली गयीं।

बालक का नाम रखने को सभी सोच में पड़ गए। तभी बिटिया सरस्वती बोली :

" मेरे निक्के वीर दा नाम ता युधिष्ठिर होउगा, मैं स्कूल च पढ़या सी के पांडवां च सब्तों वड्डे ते नेक ओहि सी "

जमुना बाई, सरस्वती को टोकने ही लगी थीं कि अचानक से नानक चंद बोल पड़े :

" जो मेरी धी ने कहता ओहि नाम रखांगे "

तो कुछ इसी तरह उस नन्हे बालक का नाम पड़ा

"युधिष्ठिर लाल सचदेवा"।

~~

हंसते-खेलते 5 साल कब बीत गए पता ही नहीं चला। जनवरी 1940 में बिटिया सरस्वती के 15 वर्ष कि आयु लांघते ही, उसे जलालाबाद के एक स्कूल मास्टर, बनवारी लाल ग्रोवर संग व्याह रचा ख़ुशी-ख़ुशी विदा कर दिया गया। बिटिया रानी के व्याह के कुछ ही महीनों बाद खबर आई, स्वतंत्रता आंदोलन तेज़ गति से आगे बढ़ रहा है, जिसके साथ एक बड़ी चुनौती सामने आ रही है। पूरे देश का दो गुटों में बंट जाना। एक ओर आर.एस.एस. का हिन्दू राष्ट्र का स्वप्न तो दूसरी ओर मुस्लिम लीग का इस्लामिक राष्ट्र का स्वप्न। 1940 तक, आर.एस.एस. के पास 100,000 से अधिक प्रशिक्षित और उच्च अनुशासित कैडर था, जो हिंदू

राष्ट्रवाद की एक विचारधारा के लिए प्रतिज्ञा कर चुका था, यह विश्वास दिलाते हुए कि भारत हिंदुओं की भूमि है। पाकिस्तान की मांग को 23 मार्च 1940 को धीरे-धीरे औपचारिक रूप दिया गया। मुस्लिम लीग ने एक प्रस्ताव पारित किया जिसमें उपमहाद्वीप के मुस्लिम बहुसंख्यक क्षेत्रों के लिए स्वायत्ता की मांग की गई। उपमहाद्वीप और विभाजन के मुस्लिम बहुसंख्यक क्षेत्रों के लिए स्वायत्ता की मांग की पहली औपचारिक अभिव्यक्ति के बीच - बहुत कम समय था - सिर्फ सात साल। किसी को नहीं पता था कि पाकिस्तान के निर्माण का क्या मतलब है, और यह भविष्य में लोगों के जीवन को कैसे आकार दे सकता है। यह खबर आने के बाद नानक चंद स्वतंत्रता आंदोलन में और अग्रसर हो गये। अगस्त 1940 में अन्य कांग्रेस कार्यकर्ताओं सहित नानक चंद को 2 साल कैद कि सज़ा सुनाई गयी। नानक चंद का जुर्म बस आज़ादी कि मांग करना, स्वतंत्रता आंदोलन में भाग लेकर देशभक्ति कि भावना जगाना एवं अपने हक के लिए लड़ना था।

नानक चंद एक कट्टर कांग्रेसी थे, जो कि कांग्रेस के हर आंदोलन में बढ़-चढ़कर भाग लेते थे एवं अन्य लोगों को भी कांग्रेस से जुड़ने कि हिदायत देते थे। उनके लिए कांग्रेस एवं भारतवर्ष की आज़ादी से बढ़कर कुछ ना था। वह जो करते, देश को स्वतंत्रता की ओर बढ़ाने के लिए करते। कांग्रेस कि ही किसी रैली के दौरान, उन्हें लोगों को अंग्रेजी हुकूमत के खिलाफ भड़काने के आरोप में गिरफ्तार किया गया।

गिरफ्तार करने के पश्चात उन्हें अदालत में सुनवाई के लिए पेश किया गया। अदालत में पेशी के दौरान कुछ ऐसा वाक्य हुआ कि नानक चंद को अपने स्वतंत्रता सेनानी होने पर और भी गर्व महसूस होने लगा और उनका हौसला और बुलंद हो गया। भरी अदालत में जज साहब ने नानक चंद जी की माता को आदेश दिया कि वह अपने बेटे से माफी मांगने को कहें, परंतु उनकी माता श्री ने शौर्य प्रदर्शित करते हुए कहा :

" जे तू मेरा खून आ ता कदे अंग्रेजी हुकूमत तों माफ़ी नी मंगेगा "

इन शब्दों ने नानक चंद में और जूनून भर दिया। यह शब्द उस अंग्रेजी जज के कानों में काँटों के भांति चुभे, और उसने यह आदेश दिया कि नानक चंद को 2 वर्ष के कारावास में भेजा जाए और उनके अंतर्गत आने वाली पांचों जागीरों को भी जप्त कर लिया जाए। अपनी माता के शौर्य से प्रफुल्लित नानक चंद ने सिर उठाकर कारावास की ओर प्रस्थान किया। जेल जाने से पूर्व नानक चंद अपने परिवार की सुख सुविधा का पूरा जिम्मा अपने साथी मोहनलाल पर छोड़ गए।

~~

उनके कारावास के उपरांत मोहनलाल ने उनके परिवार को किसी भी प्रकार की कोई कमी ना महसूस होने दी। मोहनलाल ने नानक चंद के परिवार को अपने परिवार से भी ज़्यादा अहमियत देते हुए, उनकी हर ज़रूरत का ख्याल रखा।

नानक चंद के कारावास के उपरांत उनकी माता जी का असमय देहांत हो गया। हज़ारों मिन्नतें करने पर भी नानक चंद को माँ के पार्थिव शरीर को स्पर्श करने एवं उनके अंतिम संस्कार की रस्में निभाने के लिए बेल ना मिल पाई। उनकी अनुपस्तिथि में माता के देह संस्कार को बाऊलाल ने पुरे रीति रिवाज़ों से निभाया।

नानक चंद अपनी सज़ा काट 5 अगस्त, 1942 को बाहर आए। उन्हें केवल एक बात का गिला रहा की वह अपनी माता के जीवन के सबसे कठिन समय में उनके साथ ना थे, ज़ब वह अपनी आख़री साँसें गिन रहीं थीं, तब उनका इकलौता पुत्र उनके साथ नहीं था। पुत्र को एक बार देखने की चाह रख बिलखते -बिलखते वह स्वर्ग सिधार गयीं।

~~

नानक चंद अपनी सजा पूरी कर जब कारावास से बाहर आए तो दोबारा कांग्रेस के स्वतंत्रता आंदोलन से जुड़ गए और अपने आजाद भारत के सपने को हकीकत बनाने में जुट गए। बाऊलाल भी अब 7 वर्ष का हो चुका था और चीजें सीखने समझने लगा था। ज़ब भी पिता किसी रैली में जाते, वह भी संग जा अपने तरल स्वर में नारे लगाता एवं देशभक्ति की भावना दर्शाता। आजादी पाने का जुनून इस नन्हे बालक में भी कूट-कूट कर भरा था।

कारावास से बाहर आने के 3 दिन के पश्चात 8 अगस्त 1942 को "अखिल भारतीय कांग्रेस कमेटी" के मुंबई सत्र से फरमान आया कि महात्मा गांधी ने ' अंग्रेजों भारत छोड़ो '

का नारा दे ' भारत छोड़ो आंदोलन ' का ऐलान कर दिया है, और सभी कांग्रेस कार्यकर्ताओं एवं आम नागरिकों को इसमें बढ़-चढ़कर भाग लेने का आग्रह किया है। यह आंदोलन 'भारतीय स्वतंत्रता संग्राम' के दौरान हुए विश्वविख्यात काकोरी कांड के ठीक 17 वर्ष बाद 9 अगस्त 1942 को गांधी जी के आह्वान पर समूचे देश में एक साथ आरंभ हुआ।

आए दिन नानक चंद के घर पर बैठके होने लगी। कांग्रेस के अन्य कार्यकर्ता आते, आजादी के विभिन्न मुद्दों पर चर्चा करते और चले जाते। हर तीसरे दिन कांग्रेस कार्यकर्ता एवं युवा वर्ग मिलकर रैलियां आयोजित करते एवं 'अंग्रेजों भारत छोड़ो' के नारे लगाते। 'भारत छोड़ो आंदोलन' ने अब एक 'सविनय अवज्ञा आंदोलन' का रूप ले लिया था। जो आंधी अब छा चुकी थी उसे रोक पाना मुश्किल ही नहीं नामुमकिन हो गया था। हिंदु, सिख, मुसलमान, सभी मिल-जुलकर रैल्लीयों में भाग लेते, "अंग्रेज़ों भारत छोड़ो " के नारे लगाते, और कभी कभी तो अंग्रेज़ों की गोलियों द्वारा मारे भी जाते। स्वतन्त्रता आंदोलन से कोई भी अछूता ना रहा था। बच्चों से लेकर बूढ़ों तक, मर्दों से लेकर औरतों तक, सभी स्वतंत्रता आंदोलन में बढ़ -चढ़कर भाग लेते।

~~

क्रिप्स मिशन विफल हो गया था, और 8 अगस्त 1942 को, गांधी जी ने बॉम्बे में गोवालिया टैंक मैदान में दिए गए अपने भारत छोड़ो भाषण में 'करो या मरो' का आह्वान किया था। अखिल भारतीय कांग्रेस कमेटी ने एक बड़े पैमाने पर

विरोध प्रदर्शन की शुरुआत की। अंग्रेज कार्यवाई करने के लिए तैयार थे। गांधी जी के भाषण के कुछ ही घंटों के भीतर भारतीय राष्ट्रीय कांग्रेस का लगभग पूरा नेतृत्व बिना किसी परीक्षण के जेल में डाल दिया गया। अंग्रेजों को ऑल इंडिया मुस्लिम लीग, रियासतों, भारतीय इंपीरियल पुलिस, ब्रिटिश इंडियन आर्मी, हिंदू महासभा और इंडियन सिविल सर्विस के वायसराय की परिषद (जिसमें अधिकांश भारतीय थे) का समर्थन प्राप्त था। अमेरिकियों की ओर से एकमात्र बाहरी समर्थन आया, क्योंकि राष्ट्रपति फ्रैंकलिन डी रूजवेल्ट ने प्रधानमंत्री विंस्टन चर्चिल पर भारतीय मांगों में से कुछ को मानने का दबाव डाला। भारत छोड़ो अभियान को प्रभावी ढंग से कुचल दिया गया था। अंग्रेजों ने तत्काल स्वतंत्रता देने से इनकार करते हुए कहा कि युद्ध समाप्त होने के बाद ही ऐसा हो सकता है।

~~

जो आंदोलन अहिंसा के उसूलों पे शुरू हुआ था अब उसका रुख किसी और ही दिशा में मुड़ चुका था। अहिंसा के उसूलों को भूल लोग हिंसा पर उतर आए थे।

9 अगस्त 1942 से 21 सितंबर 1942, भारत छोड़ो आंदोलन:

550 डाकघरों, 250 रेलवे स्टेशनों पर हमला किया गया , कई रेल लाइनों को क्षतिग्रस्त किया गया, 70 पुलिस स्टेशनों को नष्ट कर दिया गया , और 85 अन्य सरकारी भवनों को जला दिया या क्षतिग्रस्त कर दिया गया। टेलीग्राफ

तारों के लगभग 2,500 लाइन्स काट दिए गए। बिहार में सबसे बड़ी हिंसा हुई। भारत सरकार ने आदेश बहाल करने के लिए ब्रिटिश सैनिकों की 57 बटालियनें तैनात कीं। देश भर में छिटपुट छोटी-मोटी हिंसा हुई और अंग्रेजों ने 1945 तक हजारों नेताओं को जेलों में रखा।

लोगों ने भारत छोड़ो आंदोलन का तब तक समर्थन किया जब तक कि 1946 के महान अकाल ने आंदोलन को स्थगित नहीं कर दिया। नानक चंद संग अन्य कांग्रेस कार्यकर्ता जो कि किसी तरह ब्रिटिश हुकूमत के हाथ न लग पाने से बच गए थे, वह छुप कर भारत छोड़ो आंदोलन के पर्चे छपवाते और स्कूलों, कॉलेजों में बंटवाते। हुकूमत नेताओं को तो कैद कर सकती थी, परन्तु युवा वर्ग की जो इतनी बड़ी फ़ौज कांग्रेस ने खड़ी कर दी थी, उसे कैद करना नामुमकिन था। नेता तो कैद हो गए परन्तु स्वतंत्रता की भावना को अंग्रेज़ कैद ना कर पाए। नानक चंद युवा मंडल के अध्यक्ष से मिल कर रैलीयां आयोजित करवाते और सभी में राष्ट्रवाद एवं स्वतंत्रता की भावना भरते। 1946 तक लगातार यह आंदोलन चलता रहा, अंग्रेजी हुकूमत को स्वतंत्रता सेनानियों के आगे घुटने टेकने पड़े। ब्रिटिश सरकार ने कैबिनट मिशन प्लान विभाजित किया, सभी देशवासियों में ख़ुशी की लहर फ़ैल गयी। कांग्रेस कार्यकर्ताओं की मेहनत रंग लाई, उनका आज़ाद भारत का सपना अब हकीकत बनने जा रहा था।

सभी नेताओं को अब कारावास से छोड़ दिया गया था। सभी खुश थे। नानक चंद के घर पर आज़ादी की ख़ुशी में शानदार दावत बुलाई गयी, कांग्रेस के अन्य कार्यकर्ता भी इस दावत में शामिल हुए। अगले ही दिन खबर आई, मुस्लिम लीग की पाकिस्तान की मांग अभी भी जारी है। इस मामले में कांग्रेस और मुस्लिम लीग दोनों ही समझौता करने के लिए अनिच्छुक थीं। दोनों दलों ने चुनाव में अच्छा प्रदर्शन किया था और दो मुख्य दलों के रूप में उभर आये थे। मुस्लिम लीग मुस्लिमों के लिए लगभग 90 प्रतिशत सीटों पर विजयी रही थी। चुनाव में जीत हासिल करने के बाद जिन्ना ने ब्रिटिश और कांग्रेस के साथ सौदेबाजी करने के लिए एक मजबूत हाथ प्राप्त किया। अलग निर्वाचकों की प्रणाली स्थापित करने के बाद, ब्रिटिश अब भारतीय एकता के लिए अपनी वास्तविक प्रतिबद्धता के बावजूद इसके परिणामों को उलट नहीं सकते थे। कैबिनेट मिशन में अपना समर्थन वापस लेने के बाद, मुस्लिम लीग ने अपनी पाकिस्तान की मांग को जीतने के लिए सीधी कार्रवाई का फैसला किया। भारत की स्वतंत्रता के पूर्व मुस्लिम लीग द्वारा सीधी कार्यवाही की घोषणा से 16 अगस्त 1946 को कोलकाता में भीषण दंगे शुरू हो गए। दंगों की खबर सुनते ही नानक चंद एवं अन्य कांग्रेस कार्यकर्ताओं के खिलखिलाते चेहरे मुरझाये फूल जैसे हो गए। उनमे आक्रोश की भावना भर गयी।

दंगे कई दिनों तक चले और कई हजार लोग मारे गए। *"लड़ के लेंगे पाकिस्तान"* जैसे विभिन्न नारे मुस्लिम समुदाय के लोगों द्वारा लगाए जाने लगे। *"यह समय है जब हमें जवाबी कार्रवाई करनी है, और आपको बर्बरता के साथ बर्बरता का जवाब देना है।"* 16 अगस्त 1946 की सुबह कोलकाता में एक मुस्लिम और एक हिंदू द्वारा क्रमशः बोले गए ये वाक्य आग में घी डालने का काम कर गए। द ग्रेट कलकत्ता किलिंग, 16 अगस्त भारतीय इतिहास में शायद सबसे महत्वपूर्ण दिनों में से एक के रूप में सामने आया, देश की आजादी का दिन, 15 अगस्त, ठीक एक साल बाद था। परन्तु कांग्रेस के विपरीत मुस्लिम लीग तो घृणा और रक्तपात के अभूतपूर्व तमाशे के लिए खड़ी थी।

~~

मार्च 1947 तक हिंसा उत्तरी भारत के कई हिस्सों में फैल गई। मार्च 1947 में कांग्रेस हाई कमांड ने पंजाब को दो हिस्सों मे विभाजित करने का निर्णय लिया, जिसमे से एक हिस्से में मुस्लिम अथवा दूसरे में हिन्दू-सिख रहेंगे। बंगाल में भी यही सिद्धांत लागू किया गया। इस समय तक, संख्याओं के खेल को देखते हुए, पंजाब में कई सिख नेताओं और कांग्रेसियों को यह विश्वास हो गया था कि विभाजन एक आवश्यक बुराई है, अन्यथा उन्हें मुस्लिम बहुसंख्यकों द्वारा दलदली कर दिया जाएगा और मुस्लिम नेता शर्तों को निर्धारित करेंगे। बंगाल में भी, भद्रलोक बंगाली हिंदुओं का एक वर्ग, जो चाहता था कि राजनीतिक ताकत उनके साथ

बनी रहे, मुसलमानों के स्थायी "सत्तावादी" होने से डरने लगे। क्यूंकि वे एक संख्यात्मक अल्पसंख्यक थे, इसलिए उन्हें लगा कि प्रांत का केवल, एक विभाजन ही, उनके राजनीतिक प्रभुत्व को सुनिश्चित कर सकता है। मार्च 1947 से रक्तपात लगभग एक वर्ष तक जारी रहा। इसका एक मुख्य कारण शासन की संस्थाओं का पतन था।

~~

1947 की गर्मी अन्य भारतीय गर्मियों की तरह नहीं थी। मुसलमानों का कहना था की हिंदुओं ने योजना बनाई और हत्याएं शुरू कर दीं। हिंदुओं के अनुसार, मुसलमान इस हत्याकांड के दोषी थे। तथ्य यह है कि, दोनों पक्ष मारे गए। कोलकाता से दंगे उत्तर, पूर्व और पश्चिम, सभी दिशाओं में फैल गए।

देश के हर एक कोने में डर का माहौल था। हिन्दुओं-सिखों का मुसलमानों द्वारा मारा जाना तथा मुसलमानों का हिन्दुओं-सिखों द्वारा। घर के बाहर पैर रखना भी मुश्किल हो गया था। आम लोग घरों के अंदर ही रहते थे तथा नानक चंद एवं अन्य कांग्रेस कार्यकर्ता कई-कई दिनों तक घर का रुख भी ना करते थे, वह बाहर रह कर ही हालातों का जायज़ा लेते एवं काम करते।

~~

भारत को विभाजित करने की घोषणा 3 जून, 1947 को की गयी। जो लोग इस मामले के निर्णय से जुड़े हुए थे उनके लिए यह राहत की बात थी, मगर आम लोगों में दहशत

फ़ैल गयी थी। आम लोग चिंता में थे कि वह रैडक्लिफ रेखा के इस पार रहेंगे या उस पार, हिंदुस्तान में या पाकिस्तान में। यह एक बड़ा सवाल था। इस निर्णय के बाद आम लोग हत्प्रभीय भावना संग रह गए थे। सभी लोग चिंतित थे, उनके दिलों-दिमाग में कई सवाल घूम रहे थे :

" हमारा क्या होगा? क्या भारत का सच में दो भागों में बंटवारा होने वाला है? हम कहाँ जायेंगे? और कैसे? हमारी नौकरियों का क्या होगा? क्या नई जगह जाकर हमें वह वापिस मिल पाएंगी? हमारे घर, ज़मीन, जायदाद, क्या हमें उनका मूल मिल पायेगा, अगर हमें यहां से जाना पड़ा तो?"
और भी ऐसे कई सवाल थे जो आम लोगों को सताये जा रहे थे।

स्कूल, कॉलेज एवं सभी दफ्तर, हिंसा के चलते बंद कर दिए गए थे। भीषण हत्याकांड जारी था। दोस्त-दोस्त ना रहे थे पड़ोसी- पड़ोसी का लहू पीने को तैयार थे। कल तक जो एक दूसरे को भाई मानते थे, आज वही धर्म के नाम पर एक दूसरे को मारने को खड़े हैं। हिंसा थमने का नाम नहीं ले रही थी।

~~

नानक चंद निराश होकर घर लौटे। उन्होंने पूरे मोहल्ले को खबर दी कि अब मिंटगुमरी हिंदुस्तान का हिस्सा ना रहने वाला था। विभाजन के पश्चात 15 अगस्त से मिंटगुमरी पाकिस्तान के हिस्से होना था। सभी घरों में हड़कंप मच गया। सभी रेडक्लिफ रेखा के उस पार, अपने देश (जो कि

धर्म के आधार पर बांटा गया था) जाने की तैयारी करने लगे। कोई अगले ही दिन पैदल यात्रा कर वहां से प्रस्थान कर गया तो कोई बैलगाड़ी या ट्रेन पकड़ कर चला गया। सचदेवा मोहल्ला अब लगभग खाली होने की कगार पर था। नानक चंद का परिवार एवं एक दो और परिवार रहते थे। नानक चंद सभी की देखरेख में लगे थे कि सभी सही सलामत यहां से निकलकर हिंदुस्तान पहुंच जाएं। यह तो सिर्फ ईश्वर ही जानता था कि जितने लोग यहां से गए थे उनमें से केवल 30 प्रतिशत को ही हिंदुस्तान पहुंचने का सौभाग्य मिलेगा। कितने ही लोग रास्ते में ही मुसलमानों द्‌वारा मार दिए गए, औरतें अगवा कर ली गई, तथा लाशों के ढेर बिछा दिए गए। ट्रेनें भरकर लाशें हिंदुस्तान जाती और ट्रेनें भरकर लाशें पाकिस्तान भी जातीं। स्थिति काबू से बाहर हो चुकी थी (हुकूमत भी दंगों में मिली हुई थी)।

नानक चंद की सख्त हिदायत थी कि बाऊलाल को कुछ पता ना चल पाए और वह घर में ही रहे।

~~

बाऊलाल अब 11 वर्ष का हो चुका था, उसे यह समझ नहीं आ रहा था कि रोज़मर्रा की जिंदगी क्यों थम गयी थी, उसके पिता को छुप कर काम क्यों करना पड़ रहा था? उसे अपने दोस्तों से दूर क्यों रहना पड़ रहा था, उसका स्कूल जाना क्यों बंद कर दिया गया था। आज़ादी की भावना तो बाऊलाल में भी थीं परन्तु उसे अपने साथियों, अपने बंधुओं से दूर रहना ना भा रहा था। वह ज़ब भी कोई सवाल करता,

उसे झिड़क कर चुप करवा दिया जाता। नानक चंद का यह सख्त आदेश था की बाऊलाल किसी भी मुसलमान दोस्त से नहीं मिलेगा, और सब कुछ शांत हो जाने तक घर के भीतर ही रहेगा। बाहर जाने की अनुमति ना होने के कारण बाऊलाल अपने किसी भी मित्र से नहीं मिल पा रहा था, तभी उसे एक युक्ति सूझी। जमुना बाई रोज़ सवेरे 4 बजे गुरुघर जाती थीं, अगले ही सवेरे बाऊलाल ने भाभी का गुरुघर जाने का इंतज़ार किया और जैसे ही जमुना बाई चली गयीं, बाऊलाल भी फट से अपने मित्रों को मिलने चला गया, यह निश्चय करके की भाभी के लौटने से पहले लौट आएगा।

घर से बाहर कदम रखते ही बाऊलाल के पैरों तले ज़मीन खिसक गयी, उसने देखा की मुस्लमान बंदूकें लेकर, भाले लेकर, तलवारें लेकर, हिन्दू और सिखों को ढूंढ़-ढूंढ़ कर मार रहे हैं। हिन्दुओं और सिखों के घर जलाये जा रहे हैं, उनके बहु बेटियों का बलात्कार कर उन्हें पुरे गावों में बिना वस्त्रों के घुमाया जा रहा है और हंसी का पात्र बनाया जा रहा है। कई हिन्दू-सिख औरतों ने अपने बच्चों संग कुएँ में या नदियों में अपनी बली चढ़ा दी। उनका मानना यह था की काफिर मुसलमानो के हाथ अपनी इज़्ज़त गवाने से अच्छा अपनी आहुति देना है।

बाऊलाल यह सब देख कर दहल गया था। अभी तक वह किसी भी मुसलमान की नज़रों में नहीं आया था, तभी झट से शांता ने उसे दीवार के पीछे खींच अपने सीने से लगा लिया और सिसक सिसक कर रोने लगी।

"बाऊलाल तू एथे की कर रेहा ऐ, तेनु शाह जी ने केहा सी ना के तू बाहर ना आईं, चल हुण मेरे नाल चल"

बाऊलाल शांता को आँखें फाड़-फाड़ देखता रहा परन्तु मुंह से एक शब्द ना बोला।

" पुत्त तू कुज कहंदा क्यों नी, पुत्त..... "

बोलते बोलते शांता के शब्द उसके गले में ही अटक गए, सामने से हथियारबंद मुसलमान को आते देख वह दया की भीख माँगने लगी।

" वाहेगुरु दे नाम ते बाऊलाल नु जान दे, मेनू मार दे "

उस मुसलमान ने बाऊलाल शब्द सुनते ही शांता के सिर पर हाथ फेरा और कहा -

" बहने तू की केहा एहे शाह जी दा पुत्त आ, बाऊलाल " शांता ने उस मुसलमान के बदले स्वभाव को देख कर कुछ राहत की साँसे ली और कहा

" हंजी एहे शाह जी दा ही नई सारे मिंटगुमरी दा पुत्त आ, एहनु कुज ना करयो "

मुसलमान ने कहा

" बहने तू फ़िक्र ना कर शाह जी ने इक वारी मेनू पैसे उधार देके मेरे अब्बा जान दी जिंदगी बचाई ऐ, शाह जी दा पुत्तर मेरा पुत्तर , पर तू बाऊलाल नु लैके एथे की कर रही ऐ ? एहे जगह सुरक्षित नी, चल मेरे नाल, मैं करदा कुज इंतज़ाम शाह जी दे परिवार नु हिंदुस्तान भेजन दा ।

इकला शाह जी दा हिन्दू परिवार रह गया ऐ पूरे मिंटगुमरी च, ओहना नु किसे ने हाथ नी लाया क्योंकि सारे मुसलमान ओहना दे एहसान तले दबे होये आ "

वह मुसलमान शांता और बाऊलाल को सही सलामत घर पुहंचा देता है, तब तक जमुना बाई भी आ चुकी होती हैं। बाऊलाल को शांता के साथ देखते ही वह घर की चौखट पर दौड़े चली आती हैं और उसे सीने से लगा लेती हैं।

" किथे चल गया सी मेरा लाल, तेनु मना किता सी ना बाहर जान नु, क्यों अपनी माँ दी जान कड्ढन नु लगया होया आ तू "

यह कहते ही जमुना बाई फूट-फूट कर रोने लगीं। घर आये मुसलमान ने जमुना बाई से कहा

" बीबी मेरे हुन्दे कोई हिम्मत नी कर सकदा शाह जी दे परिवार नु हाथ लॉन दी, शाह जी दे ऑन ते ओहना नु कह देओ के मोहम्मद इमाम तुहाडे सारेयां दा हिंदुस्तान जाने दा इंतज़ाम कर दवेगा"

~~

यह कह कर वह मुसलमान वहाँ से चला गया, और कुछ ही देर बाद नानक चंद ने घर में प्रवेश किया। भारत को आज़ादी मिलने को केवल चार दिन शेष थे **(11 अगस्त 1947)।**

शांता ने बाऊलाल को गोद में सुलाया हुआ था, और जमुना बाई खाना बना रही थीं। नानक चंद को देखते ही वह पानी का गिलास ले उनके पास चली गयीं। नानक चंद ने

पानी का गिलास हाथ में ले एक घूँट भरा और तरल स्वर में कहने लगे -

"हालात बोह माड़े ने, सानू छेती इथो जाना पैना"

नानक चंद ने यह कहा ही था कि अचानक चौखट पर कोई आ खड़ा हुआ। छुपते-छुपाते कहीं से मोहन लाल आ पुहंचे।

"मेनू लगया सी तू हिंदुस्तान चल गया मोहना"

"मैं तेनु छड के किवे जा सकदा सी नानकया"

"परझाई ते बच्चे किथे ने, तू इकल्ला क्यों आ?"

"ओहना नु मैं जंगल च लुका के आया आ तेनु ते तेरे परिवार नु लैन, असि रात नु छुप के निकलाँगे,.........परझाई तुसी समान बंध लोओ"

"जमुना सारा गहना गट्ठा कट्ठा करके भांडेयां दी बोरी च पा दे, नाल सफर लई थोड़ी रोटी ते दो जोड़ी कपड़े बंध ला"

आदेश मिलते ही जमुना बाई सामान बाँधने में जुट गयीं और नानक चंद एवं मोहन बाहर की स्थिति के बारे में वार्तालाप करने लगे। मोहन ने खबर सुनाई। उत्तर-पश्चिम सीमा पर सदियों से रहने वाले सैकड़ों हिंदू और सिख अपने घरों को त्याग कर पूर्व में मुख्य रूप से सिख और हिंदू समुदायों की सुरक्षित इलाके की ओर भाग गए हैं। कई लोग पैदल गए तो कई बैल गाड़ियों में, कई लॉरियों में तो कई ट्रेनों की छतों पर चढ़कर। दोनों ओर से रेफूजीओं का आना जाना लगा हुआ था, कहीं पर मुसलमान, हिन्दू-सिखों से भरी

ट्रेनों पर धावा बोल लाशों का ढेर लगा रहे थे, तो कहीं पर हिन्दू -सिख, मुसलमानों से भरी ट्रेनों पर। दोनों तरफ से हत्याकांड रचे जा रहे थे, औरतों की इज़्ज़त लूटी जा रही थीं।

ना बड़े बुर्जुगों का लिहाज़ किया जा रहा था ना ही बच्चों का, बस अंधाधुंध हत्याकांड रचे जा रहे थे।

जमुना बाई अब सामान बाँध चुकी थीं-

"सुनो जी! मैं सारा सामान बंध ल्या ऐ, अते मोहम्मद इमाम ने आज्ज शांता ते बाऊलाल दी जान बचाई ऐ, ओहो तुहाडे ऑन तों पहलां कह के गया सी के सानू भारत पोहंचान दा इंतज़ाम ओहो कर दवेगा"

मोहन -*"परझाई इन्हा मुसलमाना ते हुण विश्वास नी करया जा सकदा, देख्या नी किवे साढे बहन भरावां नु मार रहे ने एहे "*

नानक चंद -*" ना मोहना ना ऐंवें ना कह, सारे इक्को जेहे नी हुन्दे, जे मुसलमान, हिन्दुआं ते सिखां नु मार रहे ने ता हिन्दुआं-सिखां ने केडी कमी छड्डी ऐ, ओहो व बराबर वार कर रहे ने। "*

जमुना बाई -*" एहे सही कह रहे ने मोहन वीरे, सानू मोहम्मद इमाम दा इंतज़ार करना चाहिदा "*

मोहन - *"चलो परझाई जो तुहानू ते नानकया नु सही लग्गे "*

नानक चंद और मोहन फिर से चलते हालातों को लेकर चर्चा करने लगे, और शांता और जमुना बाई बैठ कर चौखट की ओर ताकती रहीं।

अंधेरा होते ही मोहम्मद इमाम अपने एक और साथी को लेकर नानक चंद के घर पुहंचा, -

" *सत श्री अकाल, नानक चंद जी, सत श्री अकाल परझाई, मोहना तू ता इथो चला गया सी वापस किवे आ गया* "

मोहन - " *मैं नानक ते ओहदे परिवार नु छड् के किवे जा सकदा सी, अपनी वोटी ते बच्चेयां नु लुका के मुड़ आया* "

इमाम - " *चल चंगा किता*"

नानक चंद -" *इमाम बाहर दे हालात किदा दे ने, असि हिंदुस्तान पुहंच जावांगे के नहीं?* "

इमाम - " *हालात ता माड़े ही आ पर तुसी फ़िक्र ना करो, शाह जी, मेरे हुन्देया तुहानू कोई कुज नी कर सकदा, तुसी सारे बस मेरी बैलगाड़ी ते तूड़ी (भूसा) दे अंदर लुक्क जाओ ते कोई आवाज़ ना करना बस* "

नानक चंद - "*ठीक आ इमाम असि तेरे ते भरोसा करके चढ़ जांदे आ*"

मोहन - " *मेनू ता तू जंगल कोल छड्ड दें ओथे मेरा परवार मेरा इंतजार कर रेहा, मैं ओहना नु लैके दुज्जे पासे जावांगा, तू नानकया ते परवार नु सही सलामत स्टेशन पुहंचा दे* "

इमाम - *" ठीक आ सरकारा "*

~~

नानक चंद, शांता, बाऊलाल एवं जमुना बाई और मोहन को लेकर मोहम्मद इमाम की बैलगाड़ी में छुप गए। देखते ही देखते अंधेरा घना होने लगा और वह जंगल पुहंच गए, मोहन ने नानक चंद से गले मिल विदा ली, और जीवित रहने पर दोबारा मिलने की इच्छा जताई। बैलगाड़ी फिर चल पड़ी, और सवेरे 5 बजे लाहौर स्टेशन पे आकर रुकी, मोहम्मद इमाम उतरा और नानक चंद से गले मिला, -

" शाह जी मैं तुहाडा एहसान कदे नी भुला सकदा, बस एन्ना कर सकदा सी तुहाडे लई, हुण रेलगाड़ी 9 बजे आवेगी उदों तक तुसी आर्मी दी शरण च चल जाओ, जे किसे ने मेनू तुहाडे नाल देख ल्या ता मेनू वी मार देवणगे"

नानक चंद - *" तेरा बोह बोह शुक्राना इमाम, हुण तू जा असि साम्भ लवांगे "*

~~

बाऊलाल अभी भी कल देखे वाक्य से सेहमा हुआ था, ना कुछ बोल रहा था, ना कुछ पूछ रहा था, उसकी आँखों के सामने तो बस वही मार काट बार-बार आकर उसे सता रही थी। नानक चंद ने बाऊलाल को गोद में उठा लिया, तथा शांता एवं जमुना बाई को साथ ले आर्मी की तरफ चल पड़े। आर्मी के पास पहुँचते ही पता चला की अगले दो दिन तक कोई भी ट्रेन ना थी। सारी ट्रेनों की आवा-जाहि मार काट के चलते रोक दी गयी थी। नानक चंद को अब अपने परिवार

संग दो दिन स्टेशन के पास वाले रिफ्यूजी कैंप पर गुज़ारने थे। अगली ट्रेन 14 अगस्त को चलनी थी।

~~

    नानक चंद को अपने स्वप्न का आजाद भारत तो मिला मगर आज़ादी की बहुत भारी कीमत चुकानी पड़ी। नानक चंद अपना सब कुछ खो चुके थे, अपना घर बार, जागीरें, शोहरत, सब कुछ, बस रहा था तो कुछ गहना गट्ठा और उनका परिवार। दो दिन रिफ्यूजी कैंप में गुज़ार पाना लगभग मुश्किल था, ना खाने को कुछ था ना पीने को, आर्मी जो खाना मुहैया करवाती वह आधा कच्चा आधा पका होता, बाऊलाल से उस खाने का एक निवाला भी गले से नीचे ना उतारा गया। बाऊलाल को शाह जी का पुत्र होने के नाते लज़ीज़ खाना खाने की आदत थी। दो दिन बाऊलाल ने भूख से तड़प कर काटे। एक ही छोटे से टेंट में लगभग 20 लोग भरे हुए थे, कहीं पसीने की बू, तो कहीं उलटी की गंध, बाऊलाल की तबियत बिगड़ने लगी, हालत ख़राब होने लगी। नानक चंद आर्मी वालों से दवाइयों का इंतज़ाम करने को कहने गए तो आर्मी वालों ने उन्हें यह कहकर वापस भेज दिया की यहां लोगों को खाने के लाले पड़ गए है तो हम दवाइयां कहाँ से ला कर दें। नानक चंद हताश होकर टेंट में वापस लौट आए, जमुना बाई को ज़ब दवाई ना मिल पाने की बात पता चली तो वह फूट-फूट कर रोने लगीं। शांता, जमुना बाई को आश्वासित करते हुए कहती -

"बीबी तुसी क्यों फ़िक्र करदे ओ, बाऊलाल नु नी कुज हुँदा, कल नु असि गड्डी फड़ के हिंदुस्तान चल जाना सब ठीक हो जाना बीबी"

जमुना बाई - " शांता मेरे लाल नु ठीक करदे, हे वाहेगुरु ! कुज ता कर मेरे पुत्तर नु ठीक करदे "

जमुना बाई की अरदास के बावजूद बाऊलाल की तबियत और बिगड़ती रही। हालत में सुधार का नामो-निशान नहीं था। बाऊलाल का बदन बुखार से तप रहा था। नानक चंद को किसी ने खबर दी की बगल वाले टेंट में कोई हकीम है, नानक चंद फट से उस हकीम के पास जा पहुंचे, और उसे अपने टेंट में बुला लाये।

हकीम ने हालात का जायज़ा लिया, और कहने लगे -

" सरकार तुसी फ़िक्र ना करो, बस एह्दे सिर ते ठंडे पानी दी पट्टियां करदे रहो, सवेरे नु बिलकुल ठीक हो जाना एहने। अते बीबी तुसी रोना बंद करो, कुज नी हुन्दा तुहाडे पुत्तर नु, लोड पैन ते मेनू बुला ल्यो "

यह कह कर वह हकीम अपने टेंट में वापिस चला गया।

~~

सभी को कैंप में रहते एक दिन बीत चुका था, बाऊलाल बेहोश था, जमुना बाई और शांता उसके सिर पर ठंडे पानी की पट्टियां कर रहीं थीं। कुछ ही देर बाद बाऊलाल को होश आया, वह झटके से उठ खड़ा हुआ, और नानक चंद से कहने लगा -

" बाबाजी, एह सब की हो रेहा है, तुसी ता केहा सी सानू आजादी मिलेगी, खुशियां मनावेंगे, असि ता एथे बंद होके रह गये, ख़ुशी ता की सुकून दी साह वी नी आ रेही मेनू ता। "

जमुना बाई ने बाऊलाल को बाजु से खींच कर सीने से लगा लिया।

"पुत्त तू ठीक आ, हुण तेरी तबियत किवे आ? "

जमुना बाई के आँखों से फिर आँसू आ गये, और वह बाऊलाल को गले से लगा कर सिसक-सिसक कर रोने लगीं। बाऊलाल भी माँ के आँचल में डूब गया।

~~

वह एक दिन उन्होंने राहत से गुज़ारा, और अगले दिन का सूरज उगते ही, कैंप के सभी लोग अपना सामान बाँधने लगे। ट्रेन 9 बजे आनी थी, मगर सब सवेरे 5 बजे से ही स्टेशन के प्लेटफार्म पर इंतज़ार कर रहे थे। जैसे ही ट्रेन लाहौर स्टेशन पर आकर रुकी, लोगों में भगदड़ मच गयी, सभी ट्रेन में चढ़ना चाहते थे कोई पीछे नहीं छूटना चाहता था, सभी हिंदुस्तान जाने को उतावले थे। नानक चंद भी अपने परिवार व शांता को लेकर ट्रेन के पांचवें कम्पार्टमेंट में चढ़ गए। ट्रेन ठीक 10 बजकर 5 मिनट पर लाहौर स्टेशन से निकली, सभी यात्रियों के दिल की धड़कन बढ़ने लगी। ट्रेन में सभी लोगों के मन में भय के घने बादल छाए हुए थे। कभी भी किसी भी जगह पर ट्रेन रुकवा कर मुसलमान हमला

कर सकते थे। सभी सहमे हुए थे। ट्रेन मुघलपुर स्टेशन पर रुकी, ट्रेन के रुकते ही सबकी साँसें भी थम गयी।

क्या ट्रेन का रुकना मौत का संकेत था? क्या अब सब के सब मारे जाने वाले थे?

किसी को कुछ खबर नहीं थी की क्या होने वाला है, सब के सब डरे हुए थे। कुछ देर इंतज़ार कर ट्रेन वहाँ से चल पड़ी और सभी यात्रियों ने राहत की सांस ली। बस एक और स्टेशन पार करना रहा था- जल्लो स्टेशन और फिर वाघा-अत्तारी और फिर पहुँच गए हिंदुस्तान। कुछ देर बाद ट्रेन जल्लो स्टेशन पर रुकी और दोबारा सबकी साँसें भी रुक गयीं। ट्रेन चालक ज़ोर-ज़ोर से ट्रेन की सीटी बजाने लगा। सबके दिल ज़ोर-ज़ोर से धड़कने लगे। 5 मिनट के अंदर-अंदर पूरी ट्रेन को मुसलमानों के जत्थे ने घेर लिया। कोई बंदूक थामे था तो कोई भाले व तलवारें। ट्रेन के पिछले तीन कम्पार्टमेंट में लाशों का ढेर बिछ गया। बड़ी दरिद्रता से लोगों को मारा गया, औरतों को अगवाह किया गया। नानक चंद और जमुना बाई ने गहनों वाली बोरी से गहने निकाल बाऊलाल को उस बोरी के अंदर छुपा दिया। पांचवें कम्पार्टमेंट में भी मुसलामानों ने हमला किया। नानक चंद व बाऊलाल को कोई चोट ना आई। जमुना बाई के सामने एक मुसलमान आ खड़ा हुआ और उन पर भाले से हमला करने ही वाला था की, अचानक शांता सामने आ गयी और भाला उसे बज गया। शांता ने उसी वक़्त दम तोड़ दिया। ट्रेन के चलने का सिग्नल मिलते ही सभी मुसलमान ट्रेन से उतर कर भाग खड़े हुए।

ट्रेन लाशों से भर चुकी थी, किसी की बेटी अगवा हो चुकी थी तो किसी की बहन। पूरी ट्रेन में दहशत का माहौल था, बाऊलाल अभी भी बोरी, के अंदर छुपा हुआ था। ट्रेन के अंदर कोई आवाज़ नहीं थी, अभी-अभी हुई दहशत ने सबके दिल दहला दिए थे। सभी यात्री मौन थे, किसी के गले से रोने तक की आवाज़ नहीं आ रही थी। क्या खोया, क्या गवाया, कोई कुछ ज़िक्र ना कर रहा था। सब मौन थे।

ट्रेन वाघा-अत्तारी स्टेशन पहुँच चुकी थी, हिंदुस्तानी आर्मी ने ज़िम्मा संभाल लिया था। जमुना बाई के सभी गहने शांता को मारने वाला मुसलमान लूट ले गया था। अब बस नानक चंद, जमुना बाई और बाऊलाल ही संग थे। अत्तारी स्टेशन पर उतर कर उन्होंने ट्रेन बदली और फिर वह अम्बाला पहुंचे।

~~

चारों और खुशी का माहौल था, होता भी क्यों ना, **"15 अगस्त"**, हिंदुस्तान को आजादी मिली, अंग्रेज भारत छोड़ चले गए। नानक चंद देखते, जहां तक नजर जाती खुशी की लहर थी, मगर नानक चंद के चेहरे पर शिकन की रेखाएं, दुख, पीड़ा। यह तो नानक चंद के सपने वाली आजादी ना थी। उनके स्वप्न में तो कभी इतने लोग ना मारे गए थे, ना ही कोई बेघर हुआ था। फिर कैसी आजादी थी ये? किसके स्वप्न की? ना जाने कैसा अभागा दिन था वह, एक ओर देश भर में जश्न मनाए जा रहे थे, दूसरी ओर उस ही आजाद देश के पंजाब एवं बंगाल में दुख एवं शोक मनाया जा रहा था। पूरे

देश को आजादी मिली, सिवाए पंजाब और बंगाल के। आजादी की कीमत थी बंगाल और पंजाब के लोगों की जानें। आज तक इतना भीषण हत्याकांड कहीं ना हुआ था। नानक चंद विचलित थे, वह सोचते-

" मैं हिंदुस्तान दी आजादी दा जश्न मनावां या बेघर होन दा शोक, मेरे निर्दोष यार मारे गए, किन्नियां औरतां नाल बदसलूकी होइ, कि एहे सी आजादी दी कीमत? "

~~

अंबाला पहुंचने पर नानक चंद के परिवार के नए जीवन की शुरुआत तो हुई, पर क्या वह शुरुआत-शुरुआत भी थी?

हिंदुस्तान पहुँच तो गए, परन्तु खाली हाथ, ना पैसा, ना गहने, और ना ही कुछ और, जाते तो कहाँ जाते। तीनों ने कुछ दिन रिफ्यूजी कैंप में गुज़ारे। नानक चंद काम और रहने की जगह की तलाश में निकल पड़े। दर-दर भटकने पर भी कोई काम नहीं मिला, वह घूमते रहते, पूरा-पूरा दिन, कड़ी धूप में, नंगे पैर, पैरों में छाले, वह फिर भी ना रुकते।

एक दुकानदार ने उन पर दया कर के उन्हें काम पर रख लिया। और रहने को एक छोटा सा 6'6 का कमरा भी किराये पर दिया। जिंदगी मुश्किल से गुज़रती थी, छोटा सा कमरा, बहुत कम आमदनी, और खाने-पीने की सामग्री के दाम आसमान पर। अम्बाला में रहना उन्हें कुछ जमा नहीं, इसलिए वह पलायन कर लुधिआना चले गए। लुधिआना में नानक चंद ने बाऊलाल का दाखिला एक सरकारी स्कूल में करवा दिया। बाऊलाल शुरू से ही पढ़ने में होशियार था और हमेशा

अव्वल आता था। नानक चंद तरह-तरह के कार्य कर घर चला रहे थे। मुश्किल से दो वक़्त की रोटी नसीब होती थी, ओर वो भी अगर दिन में कुछ काम हुआ हो तो, वरना कई-कई दिनों तक तीनों को भूखा सोना पड़ता था। बाऊलाल भूख से तड़पता, चप्पल पहन फटे कपड़ों में स्कूल जाता। उसके सभी साथी पेंट कमीज एवं जूते पहन स्कूल आते, मगर वह फटे कुर्ते-पजामे एवं चप्पल में। सभी उसका मजाक उड़ाते। कच्ची उम्र में बाऊलाल को हालातों की मार ने उसकी उम्र से कई गुना ज्यादा सोचना सिखा दिया था। वह जानता था कि वह नए कपड़े नहीं मांग सकता। वह घर के हालातों से अच्छी तरह वाकिफ था, जहां पेट पालना भी मुश्किल था वहां नए कपड़े कैसे मिलते।

~~

नानक चंद ने अपने लुधिआना वाले पते से बिटिया सरस्वती (जो कि अब बिटिया ना रही थी बल्कि खुद भी तीन बच्चों की मां बन चुकी थी) एवं जमाई बनवारी लाल को पत्र लिखा। :

"धीये सरस्वती,

मैं जानदा आ कि तू फ़िक्र करदी होणी। पर तू फ़िक्र ना कर, मैं, तेरी भाभी ते वीर नु लैके सुरक्षित भारत आ गया सी। ते हुण असि सकुशल लुधिआने रह रहे आ। आशा करदा हां के तू ते जमाई राजा वी ठीक हण। तूँ वी चिट्ठी

पा के अपना हाल -चाल दस देईं। साढा पता - माझे हलवाई वाली गली, नज़दीक गुरुद्वारा मैदीयाना साहिब, लुधिआना।

नानक चंद "

पत्र मिलते ही बनवारी लाल, सरस्वती संग लुधिआना पहुंचे। लुधिआना पहुंचते ही वह पत्र पर लिखे पते पर पहुंचे। ढूंढते-ढूंढते उन्हें बाऊलाल गली में खेलता दिख गया। सरस्वती ने बाऊलाल को सीने से लगा लिया, और मेरा निक्का वीर, मेरा नीक्का वीर कहकर रोने लगी। बाऊलाल बोल पड़ा -

" लै बहन तू रोंदी क्यों आ? तेरा वीर आ खड़ा तेरे सामने। "

"वीरे भाभी ते बाबा जी किथे आ?"

"ओ तू फिक्र न कर मैं तेनू ले चलदा , पर पहला मेनू जीजा जी नाल ता मिल लैन दे"

बाऊलाल फिर जीजा जी के पैर छूता है और उनसे गले मिलता है।

फिर वह सब मिलकर नानक चंद के घर पहुंचे, नानक चंद और जमुना बाई लुधिआना में कागज़ के लिफाफे बनाकर बेचते , और बाऊलाल का पेट पालते। जमाई राजा और बिटिया सरस्वती को देख कर नानक चंद और जमुना बाई दौड़े चले आए और उन्हें गले से लगा लिया। नानक चंद कहने लगे -

"जमाई राजा तुसी क्यों तकलीफ लई, सानू कह देना सी असि आ जांदे तुहानू मिलन "

बनवारी लाल (जमाई राजा) - "ओ ना बाबा जी, मैं तुहानू अपने नाल ले जान आया, तुसी हुण एथे नहीं रहना तुसी मेरे नाल चलो मेरे घर, ओ तुहाडा वी ता घर आ"

नानक चंद (बाबा जी)- " ना पुत्त ना, धीयां दे घर दा ता पानी वी नी पींदे, रहना ता दूर दी गल आ "

सरस्वती बोल पड़ी - "भाभी तुसी बाबा जी नु समझाओ, के नाल चलिए "

जमुना बाई (भाभी)- "मेरी केड़ा सुणदे आ, तू ज़ोर ला के देख ले"

जमाई राजा - "ठीक आ बाबा जी जिवें तुहाडी मरजी, फिर असि चलदे आ "

नानक चंद - " जांदे किथे ओ, साढे गरीब खाने च दो गिलास चा ही पी जाओ, ते साहनु साढे धोतरी धोतरेयां दा मुंह वी देखा दो "

सरस्वती - " बाबा जी असि बच्चेयां नु स्टेशन कोल साढे रिश्तेदारां कोल छड़ आए सोच्या धुप च किथे भटकणगे "

जमाई राजा - "चलो चंगा जी, हुण असि चलदे आ "

कह कर बिटिया सरस्वती और बनवारी लाल वहाँ से चले गए। जमुना बाई और नानक चंद हालातों के चलते बेबस थे, चाह कर भी बेटी और जमाई को ना रोक पाए। रोक कर उन्हें खिलाते भी क्या, देते भी क्या? सरस्वती और बनवारी लाल यह देख हतप्रभ रह गए कि कैसे वह तीनों उस छोटे से कमरे में रहते थे। कैसे सरस्वती के बाऊलाल ने फ़टे वस्त्र

पहने थे और पत्र में लिखा सब उलट सावित हुआ। सकुशल होना तो दूर की बात थी, यहां तो गुज़ारा करना भी मुश्किल था। नानक चंद तरह-तरह के काम करते, कभी किराने की दुकान में, कभी सब्जी की दुकान में, तो कभी लिफाफे बना-बना बेचते तो कभी कुछ और। जीवन व्यतीत करना कठिन था परंतु मेहनत के अलावा कोई और चारा भी तो ना था। पाई-पाई जोड़ कर किसी तरह नानक चंद ने घर चलाया। कई साल वह तीनों लुधिआना में रहे। बाऊलाल ने 1954 में अपनी दसवीं की परीक्षाएं दी और उत्तम अंकों से उत्तीर्ण हुआ।

~~

वक्त यूं ही गुजरता गया, हालात और मुश्किल होते गए। दो वक्त का गुज़र करना मुश्किल हो गया। किसी ने उन्हें अमृतसर जाने की सलाह दी। नानक चंद ने अब वहां जाकर अपना भाग्य आजमाने की सोची। " **अमृतसर** ", वाहेगुरु जी का शहर, सुबह-सुबह दरबार साहिब से आने वाली गुरबाणी की मधुर आवाज, सबके मन को शांत कर देती है। समय के थपेड़े यूं ही चलते रहे। बाऊलाल को हिंदु कॉलेज में दाखिला मिल गया था। बाऊलाल का तो वही जीवन था, कुर्ते-पजामे में कॉलेज जाना, चप्पल पहन चलना। पैंट कमीज व जूते तो अभी भी सपने जैसे ही थे। समय गुज़रता गया, मुश्किल से जिंदगी कटती रही, नानक चंद को एक पेट्रोल पंप पर काम मिल गया था।

बाऊलाल अब अपनी ग्रेजुएशन पूरी कर चुका है। आज भाभी बड़ी खुश है। बाऊलाल 21 वर्ष का हो गया है। उसकी पढ़ाई पूरी हो गई है। आज एक सरकारी पत्र आया है, बाऊलाल को क्लर्क की नौकरी मिल गई है। पर जमुना को अभी यह नहीं पता कि बाऊ को बहुत दूर पहाड़ी प्रदेश में जाना पड़ेगा। वह तो बेपरवाह खुशी के मारे झूम रही है। पूरे मोहल्ले में शक्करपारे बंटवाए हैं। पैर हैं कि मानो खुशी के मारे जमीन पर ही नहीं लग रहे हैं।

~~

बाऊलाल के जाने का दिन भी आ गया। उसे एक अनजान पहाड़ी जगह जाना है। मां-बाप बाऊलाल को दिल पर पत्थर रख कर विदा करते हैं, उसके उज्जवल भविष्य के लिए। जमुना बाई खुश हैं मगर उदास भी, समझ नहीं आ रहा यह कैसी असमंजस है। माँ का ममत्व है की आँसू छुपाये नहीं छुपते।

जमुना बाई - *"पुत्त मैं तेरे लई सरों दा साग ते मक्के दी रोटियां बन दितियाँ हण, शक़्करपारे वी हण। "*

बाऊलाल - *"ठीक आ भाभी, हुण मैं चलदा, तुसी ते बाबा जी ध्यान रखयो"*

यह कह बाऊलाल माँ को रोता छोड़, भारी दिल से, चला गया। पठानकोट से छोटी गाड़ी जाती है जोगिंदर नगर तक। युधिष्ठिर गाड़ी में बैठे-बैठे इन सुंदर वादियों को निहार रहा

है, उसने पहले कभी पर्वत नहीं देखे हैं, इंजन की सीटी की आवाज उसका ध्यान अपनी ओर खींचती है। रेलगाड़ी पहाड़ी में चलती हुई ऐसे लगती है जैसे कोई सांप बल खाता हुआ जा रहा हो। युधिष्ठिर की रगों में जवानी का नया खून है, नए भविष्य की कल्पना है। स्टेशन आ गया है। यह गाड़ी का आखिरी पड़ाव है। आगे का सफर बस से करना होगा। 4 घंटे के उबाऊ सफर के बाद मंडी आ गई है। इसे छोटी काशी भी कहते हैं। अगली बस सुबह जाएगी। आज रात सराय में काटनी पड़ेगी। बाऊलाल ने अपना बिस्तरबंद खोल बिस्तर बिछा लिया और लेट गया। जरा सी आंख लगी ही थी कि सराय के खटमलों ने काटना शुरू कर दिया। पूरी रात करवटें बदलते-बदलते निकल गई। भोर होते ही युधिष्ठिर ने अपना बिस्तर बांधा और बस स्टैंड से बस पकड़ चल पड़ा गंतव्य की ओर, पहाड़ की ऐसी सर्पीली सड़कें चकरा देने वाली थी। नीचे बहती बिपाशा की वह धारा, ड्राइवर की जरा सी गलती, सीधे मौत के घाट उतार सकती थी। समय गुजरते हुए बस कुल्लू बस स्टैंड पहुंच गई। यहीं तो बाऊलाल को जंगलात महकमे में जॉइनिंग देनी थी। बस स्टैंड के पास ही गुरुद्वारा साहिब था। बाऊलाल सामान उठा गुरद्वारा साहिब की ओर बढ़ चला। सामान एक तरफ रख माथा टेका।

" भाई जी! रेहन नु आसरा मिलुगा? "

"पुत, एहे ता गुरु घर है, अते गुरु ता सभ नु आसरा देंदे ने। किथों आया ऐ तू? "

"अमृतसर तों " अमृतसर सुनते ही भाई जी की आंखों में चमक आ गई।

"वाह ! पुत्त तू ता वाहेगुरु दे घरों आया ऐ "

" जी नवी-नवी नौकरी लग्गी ऐ जंगलात महकमे च "

" आजा-आजा, जाके हाथ-पैर धो लै। लंगर चख। रेहन दी फ़िक्र ना कर, जद तक कोई इंतजाम नी हुन्दा आराम नाल गुरु घर रह"

~~

अगले दिन युधिष्ठिर ने अपने दफ्तर में जाकर जॉइनिंग दी। उसने दो चार दिनों में ही कुशाग्र बुद्धि से दफ्तर की सारी बारीकियां समझ लीं। उसके सीनियर भारद्वाज जी ने उसे अपने मोहल्ले में किराए पर कमरा दिलवा दिया। बामणां दा मोहल्ला आ खोरी रोपा। रोपा शब्द धान की खेती के लिए इस्तेमाल होता है। शायद कभी यहां धान की खेती होती होगी। पर अब तो यहां पर एक छोटी सी बस्ती है। मकान शहर के ठानेदार जी का है। "मोहनलाल ठानेदार!" ठानेदारनी का भी बड़ा रौब है, पर दिल की बड़ी भोली है। कुछ दिन बाद बाऊलाल अपने माता-पिता को भी लिवा लाया। किसे पता था, की वह सब अब सदा के लिए यहीं रहने वाले थे, कुल्लू की हसीन वादियों में। नानक चंद आ तो गए, मगर उन्हें खाली बैठना बड़ा अखरता था। एक दिन बोले -

"बाऊ, खाली बैठ्या नी जांदा, छोटी-मोटी दुकान खोलने दी सोच रेहा मैं। "

नानक चंद जी ने अब एक दुकान खोल ली। नानक चंद दुकान चले जाते, और बाऊलाल दफ्तर। उधर जमुना का स्वभाव इतना मीठा की पूरे मोहल्ले की चहीती हो गयी। सब लोग भाभी कह कर पुकारते। शाम को जमुना आँगन में तंदूर जलातीं तो सब मोहल्ले वालियां कहती हमें भी तंदूरी फुल्के सेंक दे भाभी *(चार फुल्के मुम्बे भी लाई ता)* ।

" *चार फुल्के मेरे लिए भी सेंक देना* "।

ठानेदरनी जमुना को अपनी छोटी बहन सा प्यार करतीं। जमुना को लगता ही नहीं था कि वह पराई जगह है, ना कोई नाते रिश्तेदार है। कभी-कभी तो ऐसा लगता कि विभाजन से पहले का सचदेवों का महोल्ला है। जैसे दुख भरे दिन बीत चुके हैं और अब कष्टों का जीवन से खात्मा हो गया है। जीवन में विभाजन से पहले की तरह खुशियां भर आई हैं।

~~

समय यूं ही बीतता गया, जमुना बाई, एक पोते का मुंह देख कभी ना वापस आने वाली यात्रा पर चली गयीं। नानक चंद जी ने शहर में अपना एक नाम बना लिया है। सब लोग उन्हें बाबा जी कह इज्जत देते हैं। वह नित-नियम से रोजाना गुरुद्वारे जाते हैं, एवं अपनी कविताओं का उच्चारण करते हैं। उनके कई नए दोस्त बन गए हैं, "सरदार हरबंस सिंह जी", "चावला जी" एवं "लाला कुंदन लाल जी"। कोई सियालकोट से आया है तो कोई पेशावर से। "पुरोहित चंद्रशेखर जी" से उनकी खूब बनती है, कांग्रेसी है, स्वतंत्रता

सेनानी भी। खूब बातें होती हैं, मुशायरा होता है, इसी का नाम तो जिंदगी है।

~~

जब सरकार को पता चला, कि हमारे यहां भी कुछ स्वतंत्रता सेनानी है, तो सरकार ने उन सभी स्वतंत्रता सेनानियों को कुछ जमीन और कुछ और सुख सुविधाएं दे सम्मानित करने का फैसला लिया। नानक चंद जी ने यह कहते हुए सब सुख सुविधाएं लेने से इंकार कर दिया कि

"मैं स्वतंत्रता दी लड़ाई च अपने देश लई भाग ल्या सी, किसे इनाम लई नहीं"

जिस देश की आजादी के लिए नानक चंद ने इतना कुछ किया, उस ही देश ने उनसे उनका घर बार, सब कुछ छीन लिया था, पर जैसे की शांता कहती थी की

"साढे शाह जी महान ने"

नानक चंद जी सच में महान थे। अपना सब कुछ खो देने के बावजूद उन्होंने सरकार से एक पैसा ना लिया, यह थे एक सच्चे देशभक्त एवं राष्ट्रवादी।

समय ने फिर अपनी पारी खेली। नानक चंद जी भी अपने पोते-पोतियों का भरा-पूरा परिवार छोड़ चले गए, एक अविरल यात्रा की ओर। मन में एक टीस रह गई, अपने घर की, रिफ्यूजी होने की।

~~

समय के फेर को कोई नहीं जानता। और एक दिन एक खबर से पूरे परिवार पर तुषारापात हो जाता है। दुर्घटना में

बाऊलाल के छोटे पुत्र का देहांत हो जाता है। पुत्र के बिछोह का इतना आघात लगता है कि युधिष्ठिर एक असाध्य रोग से ग्रस्त हो जाते हैं। चार वर्षों के इलाज और परिवार की सेवा के बावजूद एक दिन, **16 दिसंबर 2002** को उनकी जीवन जोत बुझ जाती है। परन्तु एक यक्ष प्रश्न मन में लिए हुए,

"रिफ्यूजी, तुसी ता रिफ्यूजी ओ"

विधायक महोदय के वह शब्द जो किसी काम से दफ्तर आए थे। *" पंजाबी बोलदे हो, पंजाबी हो तुसां, असां भी पंजाबी ने, तुसां किथे दे ओ?"*

" जी पाकपत्तन तों आए ने "

"अच्छा-अच्छा रिफ्यूजी हो"

एक बार फिर किसी ने बाऊलाल के मन में छिपी वेदना को कुरेद दिया था।

" विधायक साब तुसी उजड़े नी, उजड़े हुन्दे ता उज्जड़न दा दर्द समझदे। उज्जड़न बाद बसना किन्ना औखा हुन्दा है "

~~

"रिफ्यूजी", इस शब्द में ही नाजाने कितना दर्द छुपा है, कितने कष्ट छुपे हैं, किसे पता एक रिफ्यूजी ने अपने जीवनकाल में क्या-क्या देखा है। आज भी ज़ब कोई पूछता है तुम कहाँ से हो तो मैं सोच में पड़ जाती हूँ, क्या जवाब दूँ। मैं कुल्लू से हूँ, यहीं मेरा जन्म हुआ, यहीं मैं पली बड़ी, फिर क्यों यह सवाल? ***"तुम कहाँ से हो?"*** इस सवाल का मैं

क्या जवाब दूँ? जी हां मैं कुल्लू से हूँ। मेरे दिल में भी एक रिफ्यूजी होने का दर्द छुपा है, मैं अपनी जड़ों से कट चुकी हूँ। मैं अपनी परम्परा, अपनी संस्कृति से अनजान हूँ।

मैं आज सोच रही हूँ, बढ़िया स्कूल में शिक्षा ग्रहण करती हूँ, जीवन की सभी सुख सुविधाएं हैं, किसी भी चीज की कमी नहीं है। फिर नजाने क्यों दिल को एक बात खटकती है। मैं उस कीकर के पेड़ की तरह हूँ जिस की जड़ें ज़्यादा गहरी नहीं है। विपाशा के पार पर्वत पर देवदार के पेड़ों को देखती हूँ, उनकी जड़ें कितनी गहरी हैं, पता नहीं किस ने लगाया होगा, कुछ तो सैंकड़ों वर्षो से अविरल खड़े हुए हैं। मैं भी उन की तरह होना चाहती हूँ, कोई यह ना पूछे यह पेड़ किसने लगाया है। कोई मेरे अस्तित्व पर ऊँगली ना उठा पाए।

~~

"उदगम"

भारत, विविधताओं का है देश,
भिन्न-भिन्न जहां है हर प्रदेश,
हर दूसरे शहर की है एक अलग तहजीब,
ना जाने कितने हैं दूर और कितने करीब।

हर तहजीब की एक संस्कृति है,
और हर संस्कृति का एक मूल,
हर मूल की एक स्मृति है,
और हर स्मृति का एक फूल।

खोज में निकली हूं मैं भी,
उस फूल की ओर दो राहें हैं जा रही,
कौनसा पथ चुनूं सोच में पड़ी हूं,
उस दोराहे पर डगमगाई सी खड़ी हूँ।

ना जाने कौनसी राह कहां ले जाए,
पहला पथ चुनूं तो पछताऊं ना,
शायद यह मुझे मेरी मंजिल तक पहुंचाए,
फिक्र है के दूसरा चुनूं तो घबराऊँ ना।

यही सोच-सोच हूँ अचरज में खड़ी,
बीती जा रही है घड़ी पर घड़ी,
पछतावा जरूर है अपना मूल खोने का,
अपनी संस्कृति से कोसों दूर होने का।

काश कोई होता, जो हमें जोड़ पाता,
मैं भी देखती अपनी संस्कृति को,
काश कोई उसे मेरी ओर मोड़ लाता,
सहेज कर रखती उस प्रिय स्मृति को।

चारों ओर देखती हूं, सब कैसे अपने रीति-रिवाज निभाते हैं,
जैसे मेरे छुपे हुए जख्म कुरेद, वह मुझे चिढ़ाते हैं,
जैसे कर रहे हो एक सवाल,
जिसे सोच मच रहा है मेरे दिल में बवाल।

तुम कहां से हो?
कहां है तुम्हारा मूल?
हां, कौन से जहां से हो?
जाओ जाकर ढूंढो वह फूल।

जाओ, चुन ली मैंने एक राह,
अपना मूल ढूंढने की है एक तत्पर चाह,
मिटाने हैं सबके मन के भ्रम,
ढूंढना है अपने अस्तित्व का **"उदगम"**।

लेखक अभिव्यक्ति

मैं नहीं जानती की आप सभी को मेरा यह लघु उपन्यास पढ़ कर कैसा लगा। मैं बस यह जानती हूँ की यह उपन्यास मेरी ओर से मेरे दादा जी एवं परदादा जी को एक श्रद्धांजली के रूप में है। इस उपन्यास में कलमबद्ध पंक्तियां मेरे लिए उन मोतियों के रूप में है जिन्हें एक मजबूत धागे संग सहेज कर रखा जाता है। अगर वो धागा टूट जाए तो सभी मोती बिखर कर लापता हो जाते हैं, ठीक उस ही प्रकार अगर यह पंक्तियां लापता हो जाएं तो इस उपन्यास का कोई वजूद नहीं रह जाएगा और न ही आज़ाद भारत के अनसुने पहलू की आवाज़ जनता के कानों तक पहुंच पाएगी।

धन्यवाद।

~ओजस्विनी सचदेवा

www.ingramcontent.com/pod-product-compliance
Lightning Source LLC
LaVergne TN
LVHW042003060526
838200LV00041B/1849
9781648927249